VIEJO AMIGO, BEBÉ CHICO

Julie Fogliano   ilustraciones de Chris Raschka

Corimbo

A Jaxi y Maxi
(y su viejo perro Willy) —J.F.

A Neal Porter —C.R.

© 2017, Editorial Corimbo por la edición en español
Av. Pla del Vent 56, 08970 Sant Joan Despí (Barcelona)
corimbo@corimbo.es
www.corimbo.es

Traducción al español de Ana Galán
1ª edición octubre 2017

Texto Copyright © 2016 Julie Fogliano
Ilustraciones Copyright © 2016 Chris Raschka
Título original "Old dog, baby baby"

Publicado por Roaring Brook Press
Roaring Brook Press es una división de Holtzbrinck Publishing
Holdings Limitet Partnership

Impreso en Arlequín (Barcelona)
Depósito legal: DL B. 16097 2017
ISBN: 978-84-8470-565-9

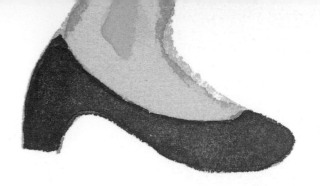

perro grande

viejo

amigo

en el suelo

está dormido

nariz negra

largo rabo

ojo abierto

dos cerrados

perro sueña

perro tiembla

y se rasca

una oreja

perro grande

viejo

amigo

en el suelo

da ronquidos

aquí viene

bebé

chico

por el suelo

despacito

dedos cortos

pies gorditos

"¡perro, perro!"

dice el niño

bebé avanza

bebé gatea

"¡perro, perro!"

balbucea

ya se acerca

bebé chico

por el suelo

despacito

perro grande

se despierta

en el suelo

de su siesta

perro huele
con su hocico
dedos cortos
pies gorditos

perro lame
perro besa
bebé agarra
sus orejas

perro mueve

el largo

rabo

en el suelo

está atrapado

perro grande

bebé chico

juegan juntos

como amigos

bebé toca

bebé estira

viejo amigo

panza arriba

bebé abraza

bebé mira

al viejo amigo

hace cosquillas

perro grande

bebé chico

en el suelo

entretenidos

perro grande
bebé chico
en el suelo
adormecidos

bebé cansado

bebé bosteza

bebé apoya

la cabeza

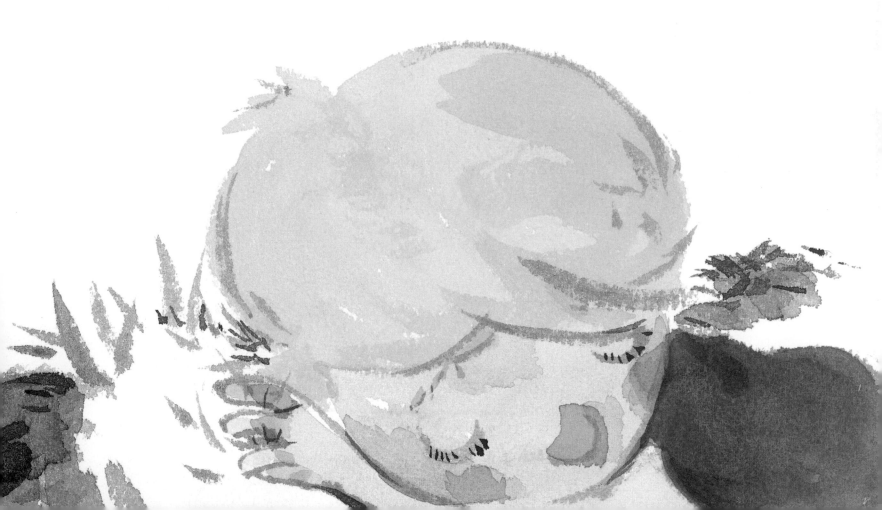

perro cansado
perro bosteza

perro apoya
la cabeza

Viejo amigo

bebé

chico

en el suelo
están dormidos